はざまの万華鏡写真館
萬花筒照相館
[著]
廣嶋玲子
[繪]
橋賢亀
[譯]
王蘊潔

照片是一種神奇的東西。

明明拍的是現在，但是拍完照的瞬間，就變成過去。

但是，過去也許可以編織出未來。

這家萬花筒照相館，專門為各位拍這樣的照片。

歡迎光臨，請坐在這張椅子上。

過去的記憶。

現在的渴望。

未來的夢想。

就由我來為你拍下過去、現在和未來同時出現的照片。

目錄

紀念照

盛夏午後，露理獨自走在路上。

夏日的天空一片蔚藍，地面被陽光照得反射著白光，向日葵不畏酷熱，拚命向天空生長。所有的一切都燦爛奪目，充滿生命力。

但是，露理的心情卻烏雲密佈。

「……實在太奇怪了，我現在明明很幸福。」

露理剛訂完婚。她的未婚夫英俊瀟灑，溫柔體貼，而且家財萬貫。目前正在籌備婚禮，每天都收到親朋好友的祝福。

露理得到人人稱羨的幸福，但是不知道為什麼，她卻心神不寧，悶悶不樂。

有哪裡不對勁。

她始終無法擺脫這種感覺，卻完全不知道到底哪裡不對勁。

「好熱……我得趕快回家。」

未婚夫今天要來家裡，她剛買完菜，準備回家做一些未婚夫愛吃的料理。

但是，她一想到未婚夫，腳步頓時沉重起來。

不想回家。「真希望秋天趕快到來，我等不及我們的婚禮了。」未婚夫不止一次喜孜孜地對露理說，但是露理今天不想見到他。唉，已經是二十七歲的大人，竟然還像一個鬧脾氣的小孩子。

自己真的太彆扭了。露理煩惱不已。明明已經這麼幸福，竟然還不知足。

「如果爸爸和媽媽還活著……不知道他們會怎麼說。」

露理的父母在她十二歲時車禍身亡，幸好父母留下大筆遺產，成為她監護人的叔叔和嬸嬸都是好人，因此她的生活沒有任何拘束。

但是，露理此刻發自內心希望父母還活著。

爸爸和媽媽會向自己提出什麼建議？啊啊，如果現在可以見到他們，不知道該有多好。

就在這時，露理發現自己站在路邊一片樹籬中間的門前。

這道小門上畫著太陽和月亮的圖案，整道門都塗成綠色，和樹籬的樹葉融為一體，稍不留神，就很難發現。
不過，露理之前就知道這裡有一道門，一直很好奇裡面到底是什麼地方。這道門向來都關著，更激發了她的好奇心。
沒想到，今天那道門竟然敞開著，而且門把上靜靜地掛著「營業中」的牌子。
露理忍不住探頭向門內張望。
樹籬形成一條綠色隧道，一直通向深處。
露理覺得簡直就像可以通往另一個世界。
她很久沒有這種興奮的感覺，於是決定沿著隧道走進去。

不知道裡面有什麼？既然掛著「營業中」的牌子，代表裡面是一家店嗎？

露理這麼想著，很快走完隧道，眼前頓時亮了起來。

那裡是一片空地，空地上有一棟小洋房。白色和灰色磚造洋房看起來很老舊，所有的窗戶都拉著黑色窗簾，是不是沒有人住在這棟房子裡？

不，不可能，因為無論房子還是院子都整理得一乾二淨。

洋房的門口前種了很多樹，奇怪的是，樹上同時開著白色和紫色兩種顏色的花。

像雪一樣的白花。

如夢似幻的淡紫色花。

雖然顏色不同，但兩種顏色的花都散發出茉莉花般清新的香氣。也許是因為這種香氣的關係，即使在夏日陽光的照射下，這些花仍然帶來清涼的氣息。

這是什麼花？露理怔怔地思考著。雖然之前曾經在別的地方看過這種花，但是從來沒有看過同時種這麼多棵，而且每棵樹上全都開滿了。

「這種花名叫鴛鴦茉莉。」

這時，響起一個清澈的聲音，彷彿在回答露理內心的疑問。

露理大吃一驚，抬頭看向前方，發現洋房的門打開了，一名少年靜靜地站在門內黑暗的空間。

這個年紀大約十二歲左右的少年俊美得令人驚嘆，他的皮膚白得像陶瓷，一頭漆黑的鬈髮令人聯想到黑色的羊，但是他戴著一副黑色小墨鏡，無法知道他眼睛是什麼顏色。

他身上的服裝不同尋常。穿著一件古典的黑色天鵝絨長禮服大衣，裡面搭配一件有精美刺繡的蠶絲背心，袖口和胸前有一大片像白雪般精緻的白色蕾絲，頭頂的絲質禮帽上繫著紫丁香色的絲帶，整個人看起來就像是古董人偶，而且他的長禮服大衣上，縫著滿滿的齒輪、發條和金屬鈕釦。

少年滿面笑容地對著目瞪口呆的露理說：

「鴛鴦茉莉一開始是紫色，但是幾天之後，顏色會漸漸變淡，最後變成潔白的花，所以無論什麼時候看，都會覺得樹上同時開著兩種不同顏色的花，是不是很像現世和冥界這兩個世界的花同時綻放？」

「現世和冥界……」

「啊，不好意思，不能讓客人就這樣站在外面。咳咳，歡迎來到萬花筒照相館，我叫琉羽，請進。」

露理有些著急。她並沒有打算拍照。

對不起，我並不是客人。

露理原本想這麼說，但是當她回過神時，發現自己已經走進洋房，跟著那個叫琉羽的少年踏上走廊。

照相館內靜悄悄的，光線很昏暗，可能是因為所有的窗戶都掛上黑色窗簾，遮住戶外陽光的關係，明明是大白天，卻好像是夜晚，有一種奇妙的感覺。

說到奇妙，眼前的少年很奇妙。

露理目不轉睛地注視著走在前面的琉羽。

他渾身散發的感覺，好像不是這個世界的人。

難道是因為他的臉蛋俊秀，讓人覺得「此貌只應天上有」的程度嗎？

還是因為他的打扮太古典，不像是小孩子？

他為什麼戴著一副漆黑的墨鏡？

那副墨鏡下的眼睛，到底是什麼顏色？

少年的身上發出滴答滴答好像時鐘般的輕微聲音，是因為縫在大衣上的齒輪碰到鈕釦的關係嗎？

露理的腦海中浮現出一大堆疑問，但是她無法問出口。

她跟著少年走進後方的一個小房間，房間內的古董燈亮著，充滿柔和的琥珀色燈光。房間內空空蕩蕩，中央鋪設一塊紅色的圓形地毯，地毯上放著一張美麗的椅子。

房間四周的牆壁上貼滿照片。

小孩子拿著玩具船，笑得很開心。

身穿軍服的男人一臉嚴肅。

女人眉開眼笑地擺出姿勢。

老夫妻恩愛地牽著手。

泛黃的照片上有各式各樣的人。

「好厲害……這些都是在這家照相館拍的照片嗎？」

「對，當然啊。」

琉羽突然把臉湊過來。太突然了，露理大吃一驚，向後退了幾步。

琉羽立刻向她道歉。

「對不起，是不是嚇到妳了？我在為客人拍照之前，想要好好打量客人。啊，妳是不是在意我的墨鏡？我很怕光，因此白天的時候，就算在室內，仍都會戴著墨鏡。」

「啊，不，你不需要道歉，我一直盯著你看才應該道歉。」

「那我可以繼續戴著墨鏡嗎？」

「當然沒問題。」

「謝謝，那我們就來辦正事。請問妳希望拍什麼樣的照片？無論客人提出**什麼樣的要求**，我都會拍出客人滿意的照片。」

「你是攝影師嗎？」

「是的，雖然我初出茅廬，但我會全力以赴，請把妳的要求告訴我。」

露理原本根本不打算拍照，但是被琉羽熱誠的語氣打動。既然他這麼堅持要為自己拍照，如果拒絕他，未免太可憐了。

「好啊，那就請你為我拍一張吧。其實我要在秋天結婚，那就請為我拍一張單身時代最後的照片。」

「喔喔，所以妳要拍紀念照。這件事就交給我吧，但是，我需要一點時間做準備工作，可以請妳在這裡等一下嗎？」

琉羽說完，立刻走出房間。

露理獨自留在房間內，打量著牆上的照片打發時間。

牆上有許許多多的照片，有一張照片特別大。那是從外面拍這家照相館的照片。

照片中的照相館很新，可能是剛落成時拍的，沒有種鴛鴦茉莉樹，一名英俊的男子滿臉自豪地站在門口附近。他的長相和琉羽有幾分神似，戴著一頂綁有絲帶的絲質禮帽。

露理不禁被照片吸引，一直盯著看。

這時，琉羽推著一輛推車走回房間。推車上放著一台看起來很有歷史的相機。

「讓妳久等了，咦？妳喜歡這張照片嗎？」

「對，這個人和你很像，是你的爸爸？還是爺爺？」

琉羽聽到露理的問題，猶豫一下。

「他是……對，他是我爸爸，是這家照相館第一代老闆……他是非常優秀的攝影師，但是已經去世了。」

琉羽悲傷一笑。

「真是……太令人同情了……」

「是啊，他深愛照片、相機和這家照相館，所以我決定繼承這家照相館，我想要完完整整地保護他珍惜的一切。」

琉羽充滿憐愛地撫摸著相機，看在露理眼中，心都被揪緊了。

「這樣啊，你太了不起了，這麼說你已經決定好未來的夢想……哪像我這麼沒出息。」

「沒出息？」

「對啊……我不知道自己到底想怎麼樣，只是很不安，卻又不知道自己在煩惱什麼，簡直就像在濃霧中迷路。如果我的爸爸、媽媽還活著，他們或許會給我意見……啊，對不起，竟然和你說這種事。」

「不，沒問題，而且我很慶幸妳告訴我這些事。聽完之後，我更瞭解要怎麼為妳拍照了。」

琉羽面帶微笑，請露理坐在中央的椅子上。

「請坐，妳的頭稍微側一點，眼睛看著我。對，這樣很好，妳就保持這個姿勢不要動。」

琉羽說完，從口袋裡拿出三顆鏡頭，一顆一顆裝在相機上。

「過去的記憶、現在的渴望，還有未來的夢想……好，這樣就搞定了。我準備好了，請妳看過來！保持微笑，請妳想像自己夢想實現時的樣子。」

露理聽著琉羽的話，想起父母。

如果他們還活著……他們一定會為自己即將結婚而滿懷喜悅。在婚禮時，他們一定會盛裝打扮，祝福自己和新郎白頭偕老，幸福永遠。

露理想像父母喜悅的樣子，很自然地露出笑容。

琉羽看著相機大聲地說：

「很棒！請保持這個笑容！就這樣不要動，我馬上就拍好了，真的很快就完成！」

喀嚓！

房間內響起震動空氣的聲音。

琉羽幫露理拍好了。

露理整個人都放鬆下來，從椅子上起身。

「請問照片多久才能洗好？」

「很快，給我十分鐘左右就好。」

「啊！這麼快就可以洗出來嗎？」

「對啊，這裡可是萬花筒照相館呢。」

琉羽自信滿滿地說完，推著放著相機的推車離開。十分鐘後，他又回到了露理身旁。

「照片完成了，我拿過來請妳確認一下。」

琉羽說完，遞給露理一張尺寸有點大的照片。

露理一看到照片，驚訝得幾乎連呼吸都快停止。

照片中的她穿著一襲白色婚紗，左手抱著高雅的捧花，頭髮上戴著鑲有珍珠的銀色髮飾，臉上露出幸福的笑容，簡直就是貌若天仙的新娘。

她的父母站在她的身後。爸爸穿著燕尾服，媽媽穿著生前很喜愛的淡紅色禮服。

爸爸和媽媽都看向正前方，兩個人都把手輕輕搭在露理的肩膀上，既像在保護她，又像在祝福她，他們的眼中充滿愛意。

露理覺得照片中的父母注視著自己，她難過不已，幾乎無法呼吸。

終於又見到爸爸和媽媽了。

這個念頭和淚水同時湧現。

但是，還有更令人驚訝的事。

新娘露理身旁，坐著一個男人。男人和露理牽著手，笑得很開心。男人穿著白色西裝，一看就知道是露理的新郎，他並不是露理的未婚夫，但又不是完全不認識的人。

露理身旁的男人叫帕洛，是露理經常去的那家咖啡店的老闆。雖然身材微胖，長得不帥，但很善解人意，總是把好喝的咖啡和甜點端到露理面前。

露理很喜歡去咖啡店和帕洛聊天，因為無論任何時候去那裡，心情都可以完全放鬆。最近由於忙著準備婚禮，很久沒有去了。

啊啊，完全搞不懂，為什麼帕洛先生一身新郎的衣服坐在自己旁邊？而且，自己明明穿著便服，為什麼拍出來的照片穿著婚紗？不對，最不可思議的是，為什麼爸爸和媽媽都出現在照片中？

搞不懂，怎麼會有這種事？

露理腦中一片混亂，終於抬起頭，看著琉羽問：

「這是……怎麼回事？為、為什麼我的爸爸、媽媽……還有這個新郎……」

露理語無倫次，琉羽靜靜地笑著說：

「照片是一種神奇的東西。明明拍的是現在，但是拍完照的下一瞬間，就變成了過去。但是，過去也許可以編織出未來。這家萬花筒照相館，專門為各位拍下這樣的照片。不是客人想要拍的照片，而是客人需要的照片。」

「需要……」

「對。而且……並不是只有妳想要拍紀念照。」

露理聽到這番話，頓時恍然大悟。

紀念照。啊啊，沒錯，這的的確確就是婚禮的紀念照。

而且，並不是只有自己想拍這張紀念照。

也就是說……啊啊，所以……

露理無法說出內心湧現的想法，只能再次注視著照片。琉羽輕聲對她說：

「如何解讀這張同時呈現出現世和冥界的照片，就取決於客人自己了……請問妳還滿意嗎？」

「是、是啊，我非常滿意，謝謝你。」

「不客氣。那請妳支付照片的費用，但我不收現金，可以用這個鍊墜支付嗎？」

琉羽指著露理脖子上的項鍊鍊墜，弦月上方鑲著一顆青色綠松石的星星，那是露理的媽媽最愛的鍊墜。

露理有點遲疑。雖然這個鍊墜並不是很昂貴，但那是媽媽的遺物，她一直很珍惜，當然從來沒想過要送人，但是，她無論如何都想要手上這張照片。

露理想要對琉羽說，她想用現金或是其他東西支付，但看到琉羽的臉，忍不住一驚。因為琉羽露出帶著壓迫感的微笑，露理覺得他隔著漆黑的墨鏡，在對自己說話。

我知道。

我知道這個鍊墜對妳來說，是無可取代的寶物。

正因如此，所以我非要這個鍊墜不可。

想要得到這張絕無僅有的照片，就必須付出這樣的代價。

露理似乎聽到了無聲的語句，用力吞著口水。

代價。啊啊，沒錯，想要得到某樣東西，就必須放棄某些東西。

露理用顫抖的手拿下鍊墜，交給琉羽。

「謝謝。」

琉羽立刻燦爛一笑。

露理拿著照片，離開了萬花筒照相館。

她經過盛開的鴛鴦茉莉，穿越綠色隧道，回到熟悉的馬路期間，眼睛始終無法離開那張紀念照。

這張照片太神奇了。照片拍到的究竟是過去，還是未來？她覺得既是過去，也是未來。

砰。

露理聽到這個輕微的聲音，猛然回過神，轉頭看向身後。

被樹籬包圍的綠門關上，「營業中」的牌子不見了。

那道門應該再也不會對自己開啟了。

露理清楚知道這件事，再次低頭看著照片，腦海中回想起琉羽剛才說的話。

「並不是只有我想拍紀念照……如何解讀這張照片……取決於我……」

她頓時感到豁然開朗，她終於知道接下來該怎麼做，也知道自己到底想要怎麼做了。

「原來……我不想和他結婚。」

雖然未婚夫完美無缺，無懈可擊，但是自己一直對這門婚事心生猶豫。她不知道其中的原因，但已決定暫時延期，直到整理清楚思緒。

當自己提出這個要求，未婚夫會生氣嗎？會感到悲傷嗎？即使這樣，自己仍然必須說清楚。如果因為這件事吵架，心情沮喪，那就去帕洛先生的店，喝一杯他為自己泡的美味咖啡，和他聊一聊，一定可以療癒自己。

露理心情愉快地抬起了頭。

連拍

蜜蜜從懂事的時候開始，就有一個超級好朋友。

那就是她的雙胞胎妹妹奈奈。奈奈長得和蜜蜜一模一樣，但是比蜜蜜害羞，是一個文靜的女生。

啊啊，蜜蜜實在太愛妹妹了。奈奈也很依賴蜜蜜，總是像影子一樣跟著蜜蜜。

沒錯，姊妹兩人總是形影不離。

但是，沒有人知道這件事。因為除了蜜蜜以外，其他人都看不到奈奈。

蜜蜜在長大之後，才發現妹妹是幽靈。但是，即使發現這件事，仍完全沒有任何影響。因為對蜜蜜來說，最重要的是奈奈能夠陪伴在她身旁。

奈奈是幽靈，無法拿東西，也無法說話。

這對蜜蜜沒有任何影響。不需要交談，蜜蜜就能完全瞭解奈奈在想什麼。平時玩的時候，無論拿玩具或是其他的事，蜜蜜都可以滿足奈奈的想法。

「蜜蜜真的很乖，很會自己一個人玩。」

每次聽到大人這麼說，蜜蜜就很想反駁他們。

我不是一個人玩，我是和妹妹奈奈一起玩。

爸爸和媽媽完全不知情，蜜蜜不止一次想把奈奈的事告訴他們。

但是，奈奈每次都反對她這麼做。

「啊？不行嗎？為什麼？……妳擔心爸爸、媽媽會覺得我是『奇怪的孩子』？這樣就會很麻煩？……好吧，那我就不告訴爸爸和媽媽。」

沒想到，有人發現了蜜蜜的秘密。

就是秀娜姨媽。

在親戚聚會時，蜜蜜一個人在角落玩，秀娜姨媽一直盯著她，然後對她說：「妳過來一下。」把蜜蜜帶去沒有人的院子。

「秀娜姨媽，有什麼事嗎？」

「蜜蜜，妳該不會正在和肉眼看不到的朋友一起玩？」

秀娜姨媽直截了當地問，蜜蜜和站在她旁邊的奈奈都驚慌失措。秀娜姨媽看到蜜蜜臉色發白，嘆著氣說：

「我就知道，果然是這樣。」

「姨媽，妳、妳怎麼會知道？」

「妳的動作和眼神，和以前的我很像。……蜜蜜，在我小時候，也有一個很特別的朋友，只有我才能看到的朋友。」

蜜蜜和奈奈倒吸一口氣。

「姨媽，妳也是雙胞胎嗎？」

「雙胞胎？不，我的那個朋友是和我沒有血緣關係的男生，他的名字叫費姆，很調皮，教我做了很多搗蛋的事，但每次都是由我執行，被發現之後，都是我被大人罵。」

秀娜姨媽充滿懷念地瞇起眼睛，蜜蜜和奈奈很開心。這代表秀娜姨媽和她們一樣，是同一國的。

蜜蜜激動地問：

「那個男生在哪裡？今天也有來嗎？」

「沒有……我和費姆很久之前就分開了，當我慢慢長大之後，費姆的身影漸漸變淡，然後有一天，就完全看不到他了。那次之後，就再也沒有見過他，我們已經有好幾十年沒見面了。」

蜜蜜臉色發白，秀娜姨媽注視著她。

「這就是這個世界的規則，活著的人留在現世，死後就去冥界。隨著時間的推移，我們在各自的世界深深扎根，所以就再也看不見對方了。」

「怎麼會……」

「所以妳要做好心理準備，無論多麼不想分別，無論妳們之間的感情多好，遲早必須分開。」

秀娜姨媽說完之後，就進了屋，把蜜蜜和奈奈留在院子裡。

那天晚上，蜜蜜翻來覆去睡不著，和奈奈兩個人在床上哭泣。

我不要。如果看不到奈奈就太痛苦、太可怕了。老天爺，我可以做任何事，讓我和奈奈可以永遠在一起。

蜜蜜的眼淚把枕頭都哭濕了。

過了好幾天、好幾個月、好幾年，秀娜姨媽的話就像是一根刺，一直扎在蜜蜜的心上。

然後……

在十三歲生日前的某一天，可怕的事終於發生。

奈奈的身影開始變得透明。

蜜蜜驚慌失措。

雖然只有些微的變化，但之前可以清楚看到奈奈，現在的確開始變得透明。

真的發生了嗎？自己將要失去奈奈了嗎？

「奈奈，怎麼辦？我絕對不想和妳分開！……乾脆我也去妳的世界……這樣我們就可以永遠在一起了。」

奈奈聽到蜜蜜的話，用力搖著頭，淚水奪眶而出。蜜蜜見狀，慌忙向她道歉。

「對不起，不可以這樣，對不對？我以後不會再說這種話了。……我知道，我知道，不會再有這種念頭了。但是……怎麼辦才好呢？妳覺得我們要怎麼辦？」

焦急和恐懼撕裂蜜蜜的心。

啊啊，為什麼自己和奈奈不一樣？明明長得那麼像，明明應該形影不離，竟然必須分開，竟然要失去彼此，蜜蜜無法承受這種痛苦。

蜜蜜難過得無法呼吸。

這時，她看到奈奈向她招手。

「妳要我跟妳走？啊？怎麼回事？要去哪裡？」

奈奈沒有回答，快步往前走，蜜蜜只能追上去。

奈奈帶著蜜蜜來到寧靜住宅區內的綠色樹籬前。

奈奈走進樹籬中間的門，穿越綠色隧道，來到一排白色和紫色花朵盛開的樹木後方的一棟老洋房前，才終於停下腳步。

「奈奈？這裡是哪裡？」

奈奈聽到蜜蜜的問題，調皮一笑。

「喂！現在不是開玩笑的時候，妳還搞不清楚狀況嗎？照這樣下去，我們——」

「歡迎光臨。」

清澈的聲音打斷了蜜蜜。

抬頭一看，一個男生站在洋房入口。他的年紀和蜜蜜、奈奈差不多，長得很英俊，但戴著一副墨鏡遮住眼睛，身上穿著一件有很多齒輪的奇怪衣服。

蜜蜜一看到他，就覺得他和奈奈很像。並不是指他們的外表，而是都有一種好像精靈般的透明感。

他是誰？蜜蜜有點不知所措，沒想到接下來發生的事讓她更加驚訝。少年將視線從蜜蜜身上移開，直視著奈奈。

「很少有兩位客人同時上門的情況，而且還是雙胞胎，太難得了，我可要好好地露一手。」

蜜蜜大吃一驚。

雙胞胎！他剛才說雙胞胎！他在說我們嗎？雖然這是唯一的可能，但他可以看到奈奈？

蜜蜜感到混亂，少年向她自我介紹說，他的名字叫琉羽。

「這裡是萬花筒照相館，專門拍攝客人需要的照片。」

「需要？你是說，可以拍我想要的照片嗎？」

「是的。」

琉羽的聲音充滿自信。

蜜蜜瞥了奈奈一眼，奈奈點點頭。

「所以……你可以幫我們拍照嗎？不光是我，還可以把奈奈拍出來嗎？」

「當然沒問題，只要妳們希望，我一定可以拍出讓妳們滿意的照片。來吧，我帶妳們去攝影室。」

蜜蜜和奈奈跟著他走進了照相館。走進攝影室，她們分別坐在兩張並排的椅子上。蜜蜜緊張地握住奈奈的手，奈奈靜靜地把頭靠在蜜蜜的肩膀上。

正在準備相機的琉羽高興地說：

「喔喔，妳們兩個人的姿勢都很棒，那我就來幫妳們拍照，我相信一定可以拍出很美的照片。」

「……你可以看到奈奈嗎？」

「對。」

「……為什麼？到目前為止，除了我以外，沒有人能夠看到她，爸爸和媽媽……還有秀娜姨媽都看不到她。」

「因為我的眼睛很特別。」

琉羽戳戳自己的墨鏡，發出喀、喀的聲音。

「攝影師必須將很多東西封印在照片中，否則就無法完成最出色的作品，所以需要一雙能夠看清所有一切的火眼金睛。好，我準備好了，這次我要多拍幾張。好，妳們看著鏡頭。好，很好。」

喀嚓、喀嚓、喀嚓、喀嚓、喀嚓、喀嚓！

琉羽連拍六張，終於拍完了。

他對蜜蜜和奈奈說，要去沖洗照片，然後就走出房間。

即使房間內只剩下她們兩個人，蜜蜜和奈奈仍然沒有放開彼此的手。

她們只是做出握著手的樣子。因為奈奈是幽靈，並沒有實體。

她們無法觸摸到對方，沒想到之後甚至會看不到對方。

恐懼再次湧上蜜蜜的心頭。

現在根本沒時間在這裡虛耗，必須馬上離開這裡，尋找不會失去奈奈的方法。

蜜蜜從椅子上站起來。

「奈奈，我們趕快走吧，沒時間在這裡磨蹭。妳的身影比剛才更加透明了。我們必須趕快找到方法，才能夠像之前那樣在一起。來，妳趕快站起來。」

但是，奈奈沒有起身，只是抬頭看著蜜蜜。

「怎麼了？妳說這是最好的方法？什麼意思？拍照片對我們沒有任何幫助！」

蜜蜜氣急敗壞，大聲地說。

「不，對妳們一定有幫助。」

走回房間的琉羽心平氣和地說。蜜蜜發現他聽到自己剛才說的話，尷尬得漲紅臉。

「呃……對不起。」

「不，我不會在意，妳和妳妹妹不同，不瞭解這家照相館，會產生各種疑問很正常，但是百聞不如一見，我相信妳看了這張照片就會明白。這次我拍下連拍照片，做成了相冊。來，妳看看。」

琉羽說完，把一本黑色小相冊遞到她面前，相冊的封面上畫著一朵白色和一朵紫色的花。

蜜蜜接過相冊，翻開一看。

「哇！」

蜜蜜和奈奈都說不出話。

第一頁是她們姊妹嬰兒時的照片。兩個嬰兒穿著相同白色嬰兒服，戴著有熊耳朵的帽子，兩姊妹簡直就像是在照鏡子般一模一樣。她們都閉著眼睛，可能正在睡覺，但是手緊緊握著。

「這是、怎、怎麼回事？你剛才不是拍了我們兩個人嗎？」

蜜蜜問話時的聲音顫抖，琉羽笑著點點頭。

「先別急，妳再看一下其他照片，看完之後，我會告訴妳，好不好？」

蜜蜜雖然內心充滿疑問，但她把話吞下，聽從琉羽的建議，翻開下一頁。

照片中有兩個五歲左右的小女孩。她們穿著相同的洋裝，頭上戴著花環，笑咪咪地牽著手，看著對方。這兩個小女孩一看就知道是蜜蜜和奈奈。

這是自己和奈奈的照片，是她們雙胞胎小時候的樣子。

蜜蜜理解後，又翻到下一頁。

這張照片是蜜蜜和奈奈目前的樣子。她們坐在椅子上，依偎在一起。

啊啊，這就是剛才拍的那張照片。琉羽說得沒錯，這張照片拍得很好看。

下一張照片中，雙胞胎長大了，應該是二十二歲左右。兩個人都變成大人，如花綻放青春美麗。頭髮微微盤起，穿著純白色的豪華禮服，頭上戴著頭紗，看起來就像新娘。

下一頁，雙胞胎邁入中年。身材微微發福，衣著打扮變得素雅，眼神中充滿前所未有的堅強，和對彼此更強烈的信賴。

最後一張照片。

照片中是上了年紀的雙胞胎。臉上滿是皺紋，頭髮花白，但是平靜的表情中，充滿經歷人生起伏所累積的智慧和自信。

六張照片組成這本相冊。過去、現在和未來。六張照片凝聚著雙胞胎的人生。

蜜蜜忍不住哇哇大哭起來。

「小姐？」

「我一直……我真的一直很害怕，我一直很懷疑我看到的奈奈，其實是我的幻覺。因為我有這種想法，奈奈才會越來越透明。我這麼以為……所以很痛苦。」

但是，現在看到這些照片，看到照片清楚拍到自己和奈奈的身影。

所以，她不再猶豫，不再懷疑。妹妹一直都在自己身邊，以後仍會一直陪在自己身旁。即使……即使有朝一日，看不到妹妹的身影也一樣。

琉羽靜靜地等待，直到蜜蜜不再流淚。

這時，站在蜜蜜身旁的奈奈向前一步，做出像在催促的動作。

「啊，沒錯沒錯。對不起，我差點忘了把另一本相冊交給妳妹妹，請收下。」

琉羽拿出另一本相冊，遞到奈奈面前。奈奈伸出手，接過相冊。

蜜蜜驚訝得說不出話。

「這……你是怎麼做到的？奈奈明明無法碰觸任何東西。」

「對，因為她屬於冥界，因此這本相簿是特製的，只有萬花筒照相館才做得出來，但是裡面的照片都一樣。請問妳喜歡嗎？」

奈奈聽到琉羽的問題，熱淚盈眶地把相冊緊緊抱在胸前。

「太好了，客人滿意是我最大的榮幸，連我自己都覺得，今天完成了出色的工作。」

琉羽心滿意足地說，蜜蜜小心翼翼地問：

「請問……可以請你告訴我，這是怎麼回事嗎？」

「咦？不用我說出來，妳不是就已經知道是怎麼回事了嗎？」

「……」

「沒錯，這是現實生活中不可能存在的照片，妳不想離開妳妹妹，妳妹妹不希望妳忘記她，這是妳們兩個人心願的結晶。」

「忘記？奈奈，妳怎麼會有這種想法！我怎麼會忘記妳！」

蜜蜜忍不住瞪著妹妹，說完之後，才突然回過神，低著頭。

「對不起，我說話太大聲了。」

「沒關係，妳們似乎都對照片很滿意，那可以請妳支付拍照的費用嗎？」

「啊，對、對喔，但是……對不起，我、現在、身上沒有錢。我馬上回家拿錢。」

「妳不用回家拿錢，我想要的是妳們的眼淚。」

「眼淚？」

「對，只要我收下妳們的眼淚，妳們以後就不會為對方流淚了……雖然我知道很痛苦，但妳們不認為這本相冊有這樣的價值嗎？」

蜜蜜看向奈奈，奈奈直視著她。兩個人的想法一樣。

「好，沒問題。」

「謝謝，請妳們面對面。沒錯，就這樣。然後……現在請妳們開始哭。」

對她們來說，哭並不是一件困難的事。只要注視對方的臉，許許多多的想法就變成淚水，順著臉頰流下來。

蜜蜜和奈奈都靜靜地流著淚，琉羽分別用兩個銀色小瓶子，接住雙胞胎流下的眼淚。

「好，可以了，有這些就足夠了。」

「嗯，嗯，那我們可以離開了嗎？」

「當然……小姐。」

「啊？什麼事？」

「……活在這個世上的妳會慢慢長大，以後必須獨自活在現實生活中。但是，妳可以不時翻開這本相冊，讓自己的心沉醉在冥界中。」

琉羽說完之後，這次看著奈奈。

「妳也一樣，接下來這段日子，妳會獨自在冥界等待，在時光停留的和緩世界，妳可能會感到孤獨。這種時候，可以看一下這本相冊，一定能夠帶給妳很大的安慰。」

琉羽的這番話很溫暖，充滿關懷。

蜜蜜和奈奈點點頭。

「真是太感謝了。」

「不客氣，這是我的工作，兩位漂亮的雙胞胎姊妹，請妳們各自多保重。」

雙胞胎走出照相館，琉羽滿面笑容地目送她們離開。

站在明亮的陽光下，奈奈的身影變得更為透明。啊啊，離別的時刻越來越近了。蜜蜜難過不已，忍不住想哭。

但是，她眼淚沒有流下來。琉羽剛才說得沒錯，蜜蜜無法再為奈奈流淚了。

奈奈似乎一樣，她滿臉痛苦地低著頭。

眼淚流不出來時，心痛的感覺似乎更加強烈。蜜蜜想要平息內心的痛苦，同時想安慰妹妹，於是急忙翻開相冊。

「奈奈，妳看，我們在這裡。」

看著兩個人手牽手的照片，心情立刻平靜下來。

六張照片中，雙胞胎姊妹都依偎在一起。

「奈奈，我們一定不會有事，對不對？」

蜜蜜問，奈奈點點頭。

自己和奈奈應該會像秀娜姨媽說的那樣，漸漸看不到彼此的身影，但是，因為有了這本相冊，即使看不到彼此，仍然能夠撐下去。

蜜蜜伸出手，奈奈立刻握住蜜蜜的手。雖然奈奈的手沒有實體，但蜜蜜感到很溫暖。

總有一天，她們能夠真正手牽手。在那一天之前，這本相冊將成為她們的精神支柱。在那一天到來之前，時時翻閱這本相冊，想著對方，發揮耐心，靜靜等待再次牽手的日子。

雙胞胎下定決心，抬頭看向前方。

她們準備回家。

尋人

名叫夏洛的小男孩蜷縮在黑暗的街角。

夏洛渾身破破爛爛，身上的衣服和身體很髒，右手臂和臉上傷痕累累。

夏洛又髒又破，沒有人上前對他說話。路上的行人完全沒發現他，就從他身旁走過去；難得有人看到他，只是皺一下眉頭，就掉頭走開了。

夏洛難過地低著頭。他無法自己去任何地方，雖然很想向別人求助，但是他無法說話。

唉唉，不知道他現在好不好。

夏洛想到了他最好的朋友。

他的好朋友雖然很愛哭，但是很有勇氣，是夏洛最重要的朋友。夏洛脖子上的領結，就是好朋友送他的禮物。雖然現在領結變髒了，看起來黑乎乎的，但仍然是無可取代的寶物。

夏洛很希望可以永遠和好朋友在一起，他們曾經這麼約定，但是，夏洛無法遵守這個約定。

啊啊，真希望可以再次見到他。真希望可以和他見面，緊緊擁抱他。但是，夏洛不知道好朋友目前在哪裡，他現在甚至不知道自己在哪裡。

夏洛難過不已，抽抽噎噎地哭了。

滴答滴答、滴滴答答。他聽到像時鐘般輕微的聲音漸漸向自己靠近。

夏洛抬起頭，立刻大吃一驚。

一個比自己年長的男生正直直向自己走來。那個男生穿著一件有很多齒輪和發條的大衣，手上拿了一根銀握把的手杖，頭上戴著綁著緞帶的禮帽，腳上是一雙擦得很亮的靴子，即使在漆黑的夜晚，仍可以清楚看到他那雙像玻璃般透明的水藍色眼睛。

夏洛忍不住覺得很像以前好朋友給他看的大藍閃蝶，那是美得令人心動的顏色。

男生來到夏洛面前，低頭端詳著他片刻，納悶地喃喃自語。

「啊喲啊喲，每次晚上出門散步，都會遇到奇妙的事，這是……你好，小朋友，我叫琉羽，你叫什麼名字？」

「我叫、夏洛……」

「夏洛，你在這裡幹什麼？快下雨了，趕快回家吧。」

「我、我……不知道家在哪裡。」

「不知道家在哪裡？」

「嗯，我一直被關在黑暗的地方，然後突然被人抱起來，帶著我走了一段路，最後就把我丟在這裡……所以我不知道該去哪裡。」

「真是太過分了……你有想要回去的地方嗎？如果你想去哪裡，我可以協助你。」

夏洛聽了，立刻想起他的好朋友。他只想去找好朋友。

「我有想要回去的地方，我很想馬上見到我的朋友，但是……」

「但是？」

「……我變得這麼髒，他可能不想靠近我，甚至可能認不出我。」

如果遭到拒絕，如果聽到好朋友說「我根本不認識你」，那還不如不要見面。

夏洛小聲哭泣著，琉羽笑著對他說：

「你不用擔心，我有一個好方法。只要幫你拍一張照片，在報紙上刊登尋人啟事就好。想要和你見面的人看到之後，一定會來找你。」

「但是，照片……我不知道該找誰幫我拍照。」

「呵呵，不瞞你說，我就是攝影師，我幫你拍照，但是你必須支付費用。先不說這些，這裡太暗了，又很冷，你和我一起去萬花筒照相館。」

那個男生伸出的手白得像陶瓷，夏洛雖然有點緊張，但還是抓住了他的手。

琉羽立刻抱起夏洛，然後抱著他走進一條小路。當他們走進小路深處，街頭的喧囂漸漸遠離，四周籠罩在一片寂靜之中。琉羽身上發出像時鐘般的聲音聽得更清楚了。

「琉羽，你身上發出的聲音很有趣。滴答滴答，你身上帶著鐘嗎？」

「對，我身體內有一個特別的時鐘。」

「原來是這樣啊……我以前也有一個錶，是有一條漂亮鍊子的懷錶。我很喜歡那個懷錶，但是後來不見了……我有很多東西都不見了。」

最喜歡的黃色毛衣，有鈴鐺裝飾的漂亮帽子都不知道去了哪裡。夏洛想到再也找不回那些東西，不禁感到一陣哀傷與惆悵。

琉羽見狀，意味深長地小聲對他說：

「但是，你還有最重要的東西，不是嗎？」

琉羽低頭看著夏洛的雙眼顏色和剛才不同，剛才是美得令人驚嘆的水藍色，現在是帶著金色光澤的紫紅色，就像是倒在金色杯子中的紅葡萄酒。

他的眼睛竟然會變色，簡直就像萬花筒。夏洛心想。

以前，夏洛的好朋友曾經讓他看過萬花筒。只要稍微動一下，萬花筒內的圖案就會不停地變化，簡直樂趣無窮。啊啊，自己和好朋友之間有太多回憶了。

夏洛頓時理解了琉羽想要表達的意思。

「琉羽，原來你有讀心術，簡直就像魔法師……嗯，你說得沒錯，我還有最重要的東西。」

「呵呵，你真是一個聰明的孩子。」

「……萬花筒照相館還很遠嗎？」

「不，馬上就到了。你看，已經到了。」

琉羽說話的同時，周圍稍微明亮了些，就像舞台的簾幕拉起來一樣。月光下，一棟小洋房出現在他們面前。

老舊的洋房前，種植一整排綻放白色和紫色花朵的樹。

兩種顏色的花，清新甜蜜的香氣。

夏洛實在太熟悉了。

「我知道這種花，我好朋友的媽媽很喜歡，我記得這種花的名字叫鴛鴦茉莉。」

「完全正確。夏洛，你不僅很聰明，而且記性很好。」

「但是……這不是夏季的花嗎？為什麼會在這個寒冷的季節開花？」

「種在這裡的花很特別，一年四季都會開花。」

「為什麼？」

夏洛問，但琉羽只是笑笑，沒有回答他的問題。

當琉羽和夏洛靠近時，洋房的門自動打開。洋房內有很多燈，靜靜地照亮空間。這些燈光都像螢火般又小又微弱，卻很符合洋房的氣氛。

「歡迎你來到萬花筒照相館，雖然我很想馬上為你拍照，但是在拍照之前，還是先洗個澡，洗完澡之後，還要處理一下你臉上和手臂上的傷口。」

琉羽說完，帶夏洛去了二樓的浴室。

在浴缸放水時，琉羽輕輕脫下夏洛身上的衣服，在脫衣服時，發現夏洛的腹部有一道很大的白色傷口。

「咦？這道傷口是怎麼回事？」

「這是舊傷，以前有壞心眼的小孩傷害了我。」

「真是太可惡了。」

「但是，我的好朋友幫我縫合好了。……我的好朋友對我說，身上有傷痕沒關係，因為傷痕是勳章。」

「你的朋友很棒。」

「嗯，所以我很想再見到他，無論如何都想和他見面。」

「我明白了，我會盡全力協助你實現願望。啊，浴缸的水裝滿了，那我就先幫你洗澡嘍。」

琉羽小心翼翼地為夏洛洗澡，完全沒有弄痛夏洛的傷口，夏洛很感激他。

洗完澡後，琉羽為他處理傷口時，又小心翼翼地縫好他的傷口。夏洛的身體洗乾淨，傷口也處理好，覺得渾身舒暢。

但是，還是和以前不一樣。

當夏洛站在鏡子前時，忍不住愁容滿面。

「我……還是破破爛爛的，和以前不一樣。我現在這樣……他一定認不得我了。」

「不，他會認得你。」

琉羽語氣堅定地說。

「我會想辦法讓他認得你。」

「真的嗎？」

「是的，請你相信我。總而言之，我們去攝影室吧。」

夏洛跟著琉羽來到貼滿很多照片的大房間，坐在正中央的椅子上。

琉羽搬來一台古老的相機，然後向夏洛提出很多要求。

「把兩隻手放在腿上，啊，不必這麼緊張，頭稍微側一點。嗯、嗯，就這樣！這樣很棒！下巴再稍微收一點，好，就保持這個位置。」

「這、這樣嗎？」

「對，很好，臉不要動，眼睛看著相機的鏡頭。保持這個姿勢，想著你很想見的那個好朋友，讓內心充滿以前的幸福時光。」

「嗯。」

這件事太簡單了，夏洛可以清楚地回想起所有的記憶。只要回想起往日的幸福時光，都一定會有那個好朋友。

第一次見面的那一天。

和好朋友一起看了很多書。

玩海盜遊戲，不小心掉進池塘。

和好朋友一起跳進秋天的落葉中。

帶便當去野餐。

下雪的早晨，一起去滑雪橇。

啊，有太多、太多回憶了。

喀嚓。

聽到這個聲響，夏洛回過神。

「拍好了嗎？」

「對，已經拍好了。等一下我去把照片洗出來，刊登在報紙上就行了。」

「……會順利嗎？」

「一定會順利。你朋友來找你之前，你可以在這家照相館好好休息，等一下我帶你去客房。……但是，在此之前，可以請你把領結給我，作為我為你拍照的酬勞嗎？」

不行。夏洛差一點脫口喊出來。

這是自己的寶物，是好朋友做給自己的禮物。雖然現在已經變得又舊又破，但自己一直好好保存著，絕對不想送給別人。

但是，當他看到琉羽的眼睛，就什麼話都說不出來了。

琉羽的眼睛變成迷濛的銀灰色，夏洛覺得自己內心的執著，都被琉羽眼眸的柔和顏色吸收了。

夏洛冷靜下來，捫心自問，對自己來說，最重要的是什麼。

最重要的是再次見到好朋友。雖然這個領結很珍貴，但是夏洛無法克制想要再見到好朋友的渴望。

雖然很痛苦，但是夏洛下定決心。

他把破舊的領結遞給琉羽。

「謝謝。」

琉羽一接過領結，眼睛立刻變成漂亮的翡翠色，像春天的嫩葉般鮮豔的色彩，療癒了夏洛的心。

兩個星期後，一個男人來到萬花筒照相館。這名中年紳士身材高大壯碩，琉羽在門口迎接他時，他迫不及待地說：

「冒昧打擾了，我看到報紙上的尋人啟事，我的朋友好像在這裡。」

他說話的聲音顫抖，眼中充滿既期待，又不安的眼神。

琉羽面帶微笑，點點頭。

「對，他在這裡，我馬上帶他過來。」

琉羽說完，上了二樓，很快又下樓。他的手上抱著一隻小小的泰迪熊。

「啊，啊啊啊啊……」

那名紳士叫出聲。他說不出話，像小孩子一樣跑向泰迪熊，緊緊抱在懷裡。

紳士抱著泰迪熊在那裡站了很久，當他終於抬頭看向琉羽時，眼中充滿淚水。

「對不起，我在你面前失態了，我實在太高興，克制不了。」

「不需要向我道歉，這代表這個朋友對你很重要。」

「你說對了，我做夢都沒有想到，這輩子還可以見到他。我很多年前失去他，我還以為再也找不回來了。」

「如果你願意，可以請你告訴我是怎麼回事嗎？」

「當然沒問題，太好了，我剛好很想和別人分享。」

紳士緊緊抱著泰迪熊，開始娓娓訴說。

「我小時候是很怕孤單的膽小鬼，我很愛溫柔的媽媽，總是黏著媽媽，向她撒嬌。但是，在我六歲的時候，媽媽去世了。媽媽去世之後，只有她為我做的泰迪熊夏洛成為我的精神支柱。和夏洛在一起，我就覺得自己受到保護。……雖然這麼說很奇怪，但是我有時候覺得夏洛真的有生命。」

「這並不奇怪。」

琉羽嚴肅地說。

「用心製作的人偶有靈魂，我很清楚這一點。……請你繼續說下去。」

「好，總之，我無論做什麼事，都會帶著夏洛。我爸爸是軍人，似乎覺得我這樣的兒子太沒出息，叫我不要整天都哭哭啼啼，於是就把我送去一所管理很嚴格的寄宿學校。那裡的生活簡直就是地獄，即使現在仍然會做惡夢。」

「這麼說，你在學校被人霸凌嗎？」

「沒錯。我被壞學生盯上了，而且有一個老師很討厭我，那時候真的過得很慘，我每天晚上都在床上抱著夏洛哭。」

「太可憐了。」

「嗯，如果只是欺負我，我還可以忍受……但是那個壞學生做了不該做的事。他竟然對夏洛動手。當我看到他用剪刀刺進夏洛的身體，把裡面的棉花拉出來時，我的眼前變得一片鮮紅。」

紳士說話時怒目圓睜，似乎現在回想起來，仍然怒不可遏。

「當我回過神時，發現自己把那傢伙痛毆一頓，當他噴著鼻血，倒在地上時，我就帶著夏洛衝出學校。我想趕快把夏洛修補好，但是我在學校裡，無法安心修補。我跑到數公里外，衝進一戶農家，向農家太太借來針線。你看，就是這裡。」

紳士指著泰迪熊肚子上很長一條白色的縫線說。

「這是我縫的。雖然留下傷痕，但是我對夏洛說，不必在意，傷痕是勳章，他變成比之前更帥氣的熊了。」

「這句話太感人了。」

「謝謝。……其實我原本打算帶著夏洛遠走高飛，再也不回去學校，但是那天傍晚就被抓到了，他們帶我回到學校。那個很討厭我的老師一直數落我，罵我是極其惡劣的壞胚子，用尺打我的手，而且……還沒收夏洛。」

八歲的孩子還整天抱著娃娃這件事大有問題。我要沒收這個娃娃。

那個老師這麼說，然後就搶走夏洛。

「真是……太殘忍了。」

「對啊，我當然無法接受，我好幾次都偷溜進學校的儲藏室，想要尋找夏洛的下落，也去那個老師的置物櫃找過，但還是沒有找到。」

紳士懊惱地皺著眉頭說。

「十年後，我從學校畢業時，我去找了那個老師，要求他把我的泰迪熊還給我。那時候，我已經長得比他還高，那傢伙心虛地冷笑說，他早就把那種東西丟掉了。我相信他說的話，因為我覺得他很可能會做這種事。」

「然後呢……後來怎麼樣了？你該不會痛毆了那個老師？」

「不，雖然我很想這麼做，但是我忍下來了。我很清楚，揍他也沒用，他無法瞭解我的心情。但是，我很清楚地對他說，他根本不配當老師。我說得很大聲，周圍的家長都聽到了，我想他很沒面子。」

紳士最後說：

「我的故事說完了，原本真的已經不抱希望，以為再也見不到夏洛了……。沒想到竟然還能夠回到我的手上，我至今仍然無法相信。你是在哪裡找到他的？而且為什麼會在報紙上刊登他的照片？在你眼中，他應該只是一只舊娃娃而已。」

「他當時在路旁。我猜想是有人把他藏在某個地方，然後就忘記了。後來被其他人發現，就把他當垃圾丟掉。……我覺得他看起來就像是一個小男孩，好像哭著說，想要回到好朋友身旁，於是就替他拍了照片，刊登在報紙上。」

「這樣啊，真是太感謝你了。」

紳士深有感慨地道謝後，又充滿憐愛地看著抱在手上的夏洛。

「報紙上的照片和以前一樣，但是親眼看到他，發現他和以前很不一樣，而且身上很多地方都破了，變髒了。但是……畢竟已經過去好幾十年，他這樣已經算很乾淨，而且有香皂的味道。該不會是你把他洗乾淨了？」

「是啊。」

「真的不知如何表達感謝。啊，但是他的領結不見了。報紙的照片上，他還戴著領結，還有帽子和懷錶……」

「啊，帽子和懷錶是我的攝影小道具，我覺得戴上之後，他看起來比較神氣。至於領結……不好意思，我拍完照後，洗乾淨晾在那裡，結果被風吹走了。」

「這樣啊，那個領結是我為他做的。喔喔，你不用在意，我馬上再做一個新的，夏洛，對不對？我有很多話想要對你說，我們以後還要一起做很多事，再也不會分開了。」

紳士抱著夏洛，走出照相館。

琉羽目送他們離去，露出了笑容。

「夏洛，真是太好了。」

琉羽非常滿意。

他拍出一張好照片。

而且因為這張照片，夏洛的朋友真的來找夏洛了。

人像攝影

秋天的午後，名叫伊恩的老人來到萬花筒照相館。

伊恩已經上了年紀，又乾又瘦，氣色很差，但瘦瘦高高的身體總是挺得筆直，散發出孤高的氣質。一身鑲著金線的東方裝扮，和編成麻花辮的長髫鬚，還有細長的眼睛，都讓人聯想到異國的王族。

琉羽上前迎接時，伊恩靜靜地說：

「我聽說這家照相館可以拍出客人想要的照片，我的要求難度很高，但是如果可以，希望你能夠完成我的心願。可以拜託你嗎？」

「當然沒問題，萬花筒照相館專門拍攝客人需要的照片，請問你想要拍什麼照片？而且可以請你告訴我，你為什麼想要這張照片嗎？」

「那倒是沒問題，只不過你看到了，我上了年紀，故事很長。」

「完全沒問題，我最喜歡聽客人說故事了。啊，我先為你倒茶。既然你的故事很長，那我就來準備茶和茶點。」

「不，茶和茶點都不用了，可以給我一杯水嗎？」

「好的。」

琉羽把水拿過來後，老人拿著水杯，緩緩訴說著。

我想你看到我就知道，我並不是在這個國家土生土長，我的故鄉在遙遠的東方。

那裡是山明水秀的好地方，河水豐沛又清澈，和煦的風靜靜地吹拂，白天的時候，到處都陽光明媚，夜晚可以聽到許多星星的呢喃。

我和我的家族住在那裡。我熱愛那片美麗的土地，熱愛生活在那片土地上善良的人，過著幸福快樂的生活，所以我在內心發誓，一輩子都不會離開那片土地。

但是，一場驚天動地的相遇，徹底改變我的命運。

那是我永遠都無法忘記的秋天早晨。我像往常一樣享受著朝陽，一個來自異國的女人走向我。

啊啊，我該怎麼形容那個女人！

她有一頭金黃色的頭髮，小麥色的皮膚，溫柔的綠色眼睛，腳步輕盈，微微側著頭的樣子不知道有多可愛。

總而言之，她的舉手投足都讓我看得出神，沒想到她似乎也一樣，她的目光無法從我的身上移開。

我們就這樣遇見彼此，既然相遇，就無法再分開了。她說，她想要永遠依偎在我身旁，這也是我的願望。

因此，當她回自己的國家時，我決定跟她走。

但是，這並不是一件容易的事。起初她為這件事煩惱不已。

「我相信你留在這裡一定會更幸福，但是，對不起，我無論如何都想要帶你一起走，我想要和你在一起。所以……真的很抱歉，我要帶你回國，無論用任何方法，我都要帶你同行。」

她的決心讓我很高興。我充分瞭解到，原來她和我心心相印。

沒錯，我們擁有相同的靈魂，是彼此的靈魂伴侶。

經過漫長的時間，耗費很多心力後，我終於和她一起來到這個國家。老實說，對我來說，這片土地並不是宜居的環境，我水土不服，身體經常無法適應這裡的氣候變化。

啊，請你不要誤會，我從來沒有後悔過。能夠陪伴在她身旁，是無比快樂的事，這個世界上，沒有更幸福的事了。

而且，每次我身體虛弱時，她就很擔心，悉心照顧我。在她的照顧下，我終於慢慢適應異國的生活環境，找回健康。

但是……

令人遺憾的是，她很早就去世了。她當初信誓旦旦地說，我們要永遠在一起，但是，她就這樣撒手而去，把我獨自留在這裡。

我悲傷欲絕，失去動力。沒有她的世界不再有光明、色彩、氣味和味道，我的靈魂都被掏空，就像是行屍走肉。

我的心已死，身體一天比一天衰弱，但又死不了，只能這樣苟活著……

真的是生不如死。

但是，我似乎終於快解脫了。這一陣子，我可以清楚感受到自己的生命漸漸走向終點。

啊啊，請你不要露出這樣的表情。

對我來說，這是求之不得的事。沒有她的時間度日如年，痛苦不堪。想到我終於可以追隨她的腳步前往冥界，就興奮不已，已經有點等不及了。

但是……

到了這個節骨眼，我竟然產生眷戀。

……曾經，我陪伴著她，她也依偎在我身旁。但是如今，恐怕已經沒有知曉那段時光的人了吧。

我希望有人知道那段光輝燦爛的幸福日子，知道我們之間充滿愛的年輕身影。

我產生了這樣的想法。

這就是我的心願。

怎麼樣？你可以為我實現這樣的心願嗎？

伊恩說完時，氣色比剛才更差了。說話似乎消耗他很多體力。

琉羽協助他喝水之後，對他露出笑容，讓他安心。

「謝謝你告訴我這一切，我充分明白你的要求了，我一定能夠拍出讓你滿意的照片。」

「喔喔，真的嗎？太好了，啊啊，關於費用的問題，聽說這裡要用客人難以割捨的東西作為報酬。」

「對。」

「這個可以嗎？」

伊恩說完，小心翼翼地從懷裡拿出一顆種子。

「這是我從故鄉帶來的唯一東西。我的家族送我這顆種子為我餞行，他們對我說，就算有朝一日，我和心愛的人分開，也沒辦法再回故鄉了。如果有朝一日，我變得孤苦伶仃，可以把這顆種子種在地上，當種子長成樹，就可以成為我的心靈支柱。」

「但是，你並沒有這麼做。」

「對……在她離開人世之後，我曾經好幾次想把這顆種子種在地上，但是，我最後並沒有這麼做。就算種樹，仍無法取代我心愛的人。這顆種子絕對是我故鄉的一部分，充滿了家族對我的關心。只要握著這顆種子，就可以緩和我失去愛人的痛苦。」

伊恩充滿憐愛地撫摸著曾經成為他精神支柱的種子後，遞給琉羽。

「如果可以，我希望你可以收下這顆種子作為拍照的酬勞。」

「那我就收下了。」

琉羽立刻回答。

「這顆種子很有價值，足以作為拍照的酬勞。……對了，你的氣色比剛才好多了，那就來拍照吧。通常我會請客人去攝影室拍照，但是我認為你的照片在戶外拍攝更理想。可以麻煩你從那道門走去院子嗎？我先去拿相機，等一下馬上就過去庭院。」

「好的。」

伊恩聽從琉羽的建議，獨自走出照相館。那裡是照相館後方，有一座小院子。

院子雖小，但是很漂亮。院子中央有一張漂亮的白色圓桌和椅子，好像隨時都可以在這裡舉辦茶會。

伊恩瞇起眼睛打量著院子，琉羽也來到了院子。他手上抱著一台很大的相機和三腳架。

伊恩對琉羽說：

「這個院子真漂亮，很用心整理，感覺很舒服。」

「對，有時我會在這裡拍照，我很珍惜這個空間。請你站在那裡，盡可能抬頭挺胸，對，很好，請你看著那張椅子，想像你心愛的人坐在椅子上，對你露出微笑。」

「喔喔，這太簡單了。」

伊恩回答後，看著椅子。

「她很喜歡這種優雅的椅子……如果她坐在這張椅子上，一定會蹺著二郎腿，手放在桌上，托著下巴，對我露出調皮的笑容。」

伊恩似乎想像著這樣的畫面，很自然地漾起笑容。

琉羽用相機捕捉下這個瞬間。

伊恩坐在院子的椅子上休息，十分鐘後，剛才去暗房的琉羽回來庭院。

「讓你久等了，這就是剛才為你拍的照片，不知道你滿意嗎？」

伊恩接過琉羽遞給他的照片，只看了一眼，就「喔喔喔喔！」地驚嘆叫喊。他拿著相片的手顫抖，淚水奪眶而出，順著他的鬍子滴到地上。

伊恩愣在那裡一動不動，端詳著照片出神。經過很長的時間，才終於抬起頭，小聲對琉羽說：

「感激不盡，我現在……已經了無遺憾。」

「謝謝你很滿意我為你拍的照片，真是太好了。但是……你剛才說，你拍這張照片，是希望有人知道你們以前的樣子，那麼，你是不是想把這張照片交給某個人？如果你不介意，我可以把照片送到那個人手上，不知你意下如何？」

「那真是太感謝太感謝了，我就恭敬不如從命，麻煩你幫這個忙。但是，希望你在我離開這個世界之後，再把照片交給對方。在那之前，我想把這張照片留在手邊，這樣就可以隨時拿出來看了。」

「當然沒問題。」

「……謝謝，衷心感謝你。」

伊恩說完，對著琉羽深深鞠一躬。

半個月後，有一位客人拜訪年輕作家莫如儀。

莫如儀以前從來沒有見過那個少年。少年的年紀大約十二歲左右，臉蛋很英俊，戴著一頂禮帽，穿著縫滿齒輪和鈕釦的大衣，還用墨鏡遮住眼睛。

莫如儀看到這麼與眾不同的少年，難掩內心的困惑。

「你找我有什麼事嗎？我對你完全沒有印象，我們以前在哪裡見過嗎？」

「不，今天是我們第一次見面。因為我的客人讓我送一樣東西給你。」

「送東西給我？」

「對，就是這張照片，請你收下。」

莫如儀很好奇，從少年手上收下照片。

大尺寸的照片上有一個女人。三十多歲的女人一頭漂亮的金色鬈髮，嫩草顏色的眼眸閃閃發亮，生動的表情很迷人。雖然稱不上是美女，但是充滿生命力。

女人旁邊有一棵樹。

那棵樹很漂亮。筆直的樹幹，枝葉茂盛，樹葉是鮮豔的金色，整棵樹散發出華麗感。

女人坐在白色花園桌旁托著腮，面帶微笑，眼神中透露出發自內心的愛意看著那棵樹。不可思議的是，感覺那棵樹好像也望著女人，然後帶著滿滿的愛，讓金色的葉子飄落在她身上。

我好愛你。

心愛的人兒啊，我也愛妳。

從手上的照片中，似乎可以聽到這樣的對話，莫如儀的雙眼注視著照片。

少年靜靜地問：

「請問你知道這是誰嗎？」

「我當然知道！」

莫如儀用力點頭。

「她是我的姨婆，名字叫妮妮艾，很愛冒險，年輕時曾經獨自前往遙遠的東方去旅行。她在那裡很喜歡一棵銀杏樹，正確地說，是一見鍾情。她花了很多金錢，耗費很多精力，把那棵樹挖起來，帶回這個國家。這件事已經成為我們家族的傳說。」

「……她一定發自內心深愛那棵樹。」

「是啊，大家起初都很傻眼。樹木在異國的土地上，不可能種活，很快就會枯萎。但是，姨婆完全不理會其他人的意見，把銀杏樹種在家院子裡，細心地照顧。也許植物能夠感受人的心意，那棵樹似乎回應了姨婆的心意，越長越健康，每年秋天，綠色的樹葉就染上了漂亮的金色，聽說大家讚不絕口。我之前只有聽說而已，現在才知道原來真的很漂亮，真希望有機會親眼看一下漂亮的樹葉。」

莫如儀語帶遺憾地說，少年歪著頭納悶。

「這麼說來，你沒有看過這棵樹的樹葉變黃嗎？」

「是的。……自從姨婆去世之後，銀杏樹就不再變黃。即使到了秋天，都看不到金色的銀杏葉，只是變成棕色後就凋零了……大家都說，姨婆和銀杏樹一心同體，也許這句話真的說對了。看了這張照片，可以充分瞭解他們相互依偎。對了……」

莫如儀納悶地看著少年。

「真是無巧不成書，我昨天剛好接到聯絡，說姨婆的銀杏樹終究還是枯死了。然後你就送這張照片來給我。……到底是誰委託你把這張照片送來給我？」

「對不起，這是我和客人之間的約定，恕我無法奉告。」

「既然這樣，我就不多問了。謝謝你特地送這張照片過來。啊啊，真是太可惜，這麼美的樹，竟然就這樣消失了。」

莫如儀再次注視著照片，少年緩緩將手放進口袋，拿出一條紫色的蠶絲手帕。打開手帕，裡面有一顆象牙色的種子。

「這是？」

「這是銀杏的種子。據說和照片上的這棵樹同種同鄉，這是把這張照片託付給我的客人給我的，這顆種子對我來說非常、非常有價值……這次我願意割愛給你。」

「啊？可以嗎？」

「可以，我覺得這樣比較好。」

少年好像捧著寶石般，恭敬地遞上了種子。莫如儀被他恭敬的態度震懾，但仍然接下禮物。

「謝謝，我會種看看。如果順利發芽，我會好好照顧，不，我一定會好好栽培成一棵大樹。」

「是，我相信一定可以。」

少年露出燦爛的笑容，他的笑容就像秋天從樹葉間灑下的陽光般溫暖。

證件照

萊榮快步走在街上。

趕快、趕快。如果再不加快速度，就會趕不上火車。

但是，提著又大又重的行李箱，走路的速度變慢了。而且，他原本想走捷徑去車站，不小心迷路，反而耽誤時間。

萊榮越來越著急，一著急，就很容易犯錯。

「可惡！我又走錯路，還來到這種奇怪的地方。這裡到底是哪裡？」

他很想問路，但周圍完全看不到半個人影。萊榮走進茂密的樹籬隧道中。

他不明白自己怎麼會走到這種地方？但現在只能硬著頭皮繼續往前走。

萊榮無可奈何地邁開步伐。樹蔭下的空間有幾分涼意，他走在靜悄悄的隧道中，稍微冷靜下來。

這時，他想起自己忘了帶東西。

「可惡，我忘了帶筆盒。我很喜歡那個筆盒，沒想到竟然忘記帶。啊啊，還有那件絲綢的襯衫。雖然塞不進行李箱，但硬塞都應該帶上的。火車票……這個已經帶著，剛才我已經確認過，和護照放在一起。啊！」

萊榮想起一件重要的事。

糟糕！護照上要貼照片，但他徹底忘記這件事。

沒辦法，只能改搭下一班火車，先找地方拍照。但是，現在要去哪裡拍照呢？唉，真是煩死了。這一陣子一直犯錯，一直走衰運。原本打算去國外重新開始，重拾自信，沒想到在出發的日子，竟然再次犯錯。

他覺得出師不利，有點鬱悶。

但是，萊榮很幸運。他走出隧道後，前方有一棟洋房，沒想到那棟洋房竟然就是照相館。

一名戴著墨鏡的少年在門口迎接他，萊榮聽到少年告訴他，這裡就是照相館時，覺得自己得救了。

「那麼，你可以幫我拍照嗎？我要貼在護照上。」

「你要拍證件照嗎？沒問題。」

「我希望可以超急件處理……後天之前，會不會太強人所難？」

「既然你有急用，我今天就可以給你。」

「真、真的嗎？太好了！……請問要多少錢？」

萊榮不由得緊張起來，猜想少年一定會獅子大開口。

沒想到，墨鏡少年面帶微笑。

「不用付錢，至少不會向你收取任何費用。」

「你的意思是……你要免費幫我拍照嗎？真的嗎？」

「是的，請你放心進來吧。」

少年指向照相館昏暗的室內空間說，他的舉手投足好像幽靈般輕飄飄。

他的臉上仍然帶著微笑，簡直就像天使般俊美，但又好像是別有用心的惡魔。

萊榮雖然覺得有點可怕，但立刻走進照相館。對方是小孩子，不需要緊張。更何況他無法抗拒「免費」這兩個字。

他跟著少年走進洋房深處的一個房間，要在那裡拍照片。

少年請萊榮坐在椅子上，在調整相機時，忍不住讚嘆地說：

「你真的太帥了，我第一次遇到這麼值得一拍的客人。你一定桃花不斷。」

「嗯，我不否認。」

萊榮撥撥一頭濃密的金髮，笑著回答。

他的鼻子很挺，嘴巴很漂亮，還有一雙清亮的眼睛。再加上富有磁性的渾厚嗓音，的確是讓女人著迷的男人。

萊榮比任何人更清楚知道自己的魅力，這張端正的臉是自己生存的武器。既然是武器，就需要隨時保養，所以萊榮勤於健身，穿上乾淨的高級服裝，行為舉止顯得很有教養。

他的努力沒有白費，看到他的人都覺得他是「風度翩翩的紳士」，尤其是女人，總是向他投以如癡如醉的眼神。

萊榮回想起之前苦苦追求自己的那些女人，打量著眼前這名少年。

如果自己是神話世界中威武的英雄，這名少年就是從童話世界中走出來的夜之精靈。少年的皮膚白如陶瓷，一頭蓬鬆的黑夜色鬈髮，如果硬是要挑剔缺點，恐怕就是墨鏡遮住他的眼睛。

他的眼睛到底是什麼樣子？萊榮想像著這個問題對少年說：

「你才是清秀俊逸的美少年，再過幾年，絕對會有很多女生追你。」

「我對女生完全沒有興趣，只要能夠拍照，我就心滿意足了。」

「真是暴殄天物。」

萊榮惋惜地說，少年立刻改變話題。

「你剛才說，要拍護照上使用的照片，那麼你打算出國嗎？」

「對，我想去南方國家好好休息。那裡的物價很便宜，可以過奢侈的生活。我暫時不打算回國。」

「你一個人去嗎？」

「對。……因為我的未婚妻提出和我分手，如果沒有分手，我們現在正準備舉辦婚禮。」

「那……真是太遺憾了，我相信你的未婚妻一定貌若天仙。」

「……沒錯，她真的是個大美人，我可能暫時忘不了她。」

露理。她不僅漂亮，而且還是個富婆，還是第一個拋棄自己的女人。萊榮不悅地想，自己恐怕一輩子都無法忘記她。

——我希望婚禮延期，我想再好好考慮一下我們的婚事。

當露理提出這個要求時，萊榮發自內心驚訝，同時怒不可遏。但是，他克制內心的怒氣，拚命想要說服露理改變心意。

如果我做出什麼讓妳不高興的事，我向妳道歉。我會多加注意，以後再也不會惹妳生氣。拜託妳，千萬不要說什麼不想和我結婚。我這麼愛妳，我不想失去妳。

但是，他說越多甜言蜜語，露理的心意越堅定，最後甚至說，暫時想一個人靜一靜，然後就消失不見。

萊榮明確知道，這樁婚事已無法挽回。露理絕不會回到自己身邊。無論怎麼追求，都無法再得到她。

萊榮很失望。他很不甘心，同時自信心也徹底受傷害。以前從來沒有發生過這種事，所有女人都無法抗拒自己的魅力，對自己言聽計從。

但是，對已經離開的人再怎麼執著都沒有意義。

他開始尋找新的結婚對象。

他鎖定好幾個目標。

但是，每次都被人橫刀奪愛，導致他無法得手。

其中一個女人的父母很精明，隨時提高警覺，保護自己的女兒。

當他相中另一個女人時，沒想到被別的男人捷足先登，搶先求婚。

還有一個女人雖然很符合他的要求，但是不得不放棄。因為那個女人告訴他，她的弟弟是警察。萊榮得知這件事，就只能趕快夾著尾巴逃走。

他感到諸事不順，整天都心浮氣躁。

「可惡！到底是怎麼回事！真是受夠了，再不喝酒就要瘋了！」

但是，當他進去酒店想要借酒澆愁時，被小混混纏住。小混混對他說：「這裡不是你這種花花公子來的地方。」萊榮聞言火冒三丈，痛扁小混混一頓，但沒想到那個小混混竟然是黑道老大的兒子。

萊榮得知後，嚇得渾身發抖。他很清楚，黑道老大看到自己的兒子被打得鼻青臉腫，當然不可能忍氣吞聲。如果繼續留在這裡，自己搞不好會小命不保。

所以，他決定逃去國外。

未婚妻提出分手是厄運的開始，但是自己一直留在這裡，結果越來越衰。不如乾脆出國，一切重新開始。只要遠走高飛，黑道老大不可能追去外國，而且無論去哪個國家，自己都可以靠這張臉吃香喝辣。

這時，他聽到少年說：「已經準備就緒。」萊榮把那些討厭的女人和麻煩事趕出腦海，心情愉快地說：

「要把我拍得帥一點。」

「當然沒問題，我會如實地拍出你的樣子。請你下巴稍微抬起來，很好，眼睛看向我這裡。可以再稍微放鬆一點嗎？你可以把一隻手放在椅背上，就是這樣，你可以蹺二郎腿。」

少年提出很多要求，萊榮有點火大。

「喂喂喂，我想要拍的是大頭照，根本不用蹺二郎腿吧，反正又拍不到腳。」

「不，請你務必按照我的要求擺姿勢。」

少年很堅持，萊榮無可奈何，只能按照少年的要求擺出姿勢。事到如今，少年說什麼自己就跟著做什麼，免得浪費時間。

萊榮聽從少年的指示後，少年很快就拍好照片。

「那我就去洗照片，請你在這裡稍微等一下。」

「好。」

萊榮等了一會兒，少年就回來了，遞給他一張照片。

「怎麼回事？為什麼拍得這麼大？我不是說，我要拍的是證件照嗎？」

萊榮在抱怨的同時，接過照片。當他看到照片，立刻臉色發白。

照片是萊榮的全身照。

他一派輕鬆地坐在椅子上，就像年輕的英雄般風流倜儻，玉樹臨風。但是，只有臉蛋英俊而已，除此以外，完全看不到絲毫的誠實和魅力等可以吸引人心的特質，根本不像是紳士，反而像是鍍金的玩具皇冠，只會讓人覺得廉價和卑劣。

而且，照片中的萊榮被女人包圍。

總共有九個女人，全身都穿著純白的婚紗。萊榮認識每一個人。

這並不令人意外。這些都是被他騙走所有財產後拋棄的女人。

沒錯，萊榮是結婚詐欺犯。

他取悅那些女人，讓她們和自己結婚，騙走她們的財產。當她們的財產被他榨乾之後，就像垃圾一樣丟掉，然後再轉攻下一個目標。

萊榮就是用這種方式生活，他非但不知羞恥，甚至很得意。

這張照片就是他這個人的寫照。他就是一個長相英俊、傲慢而卑鄙的男人，這張照片可以稱為「結婚詐欺犯的證明照」。

那些女人都露出可怕的表情圍著他，狠狠瞪著他。她們為內心的憎恨而目露凶光，咬牙切齒，似乎可以聽到她們發出的詛咒。

還有的女人手上拿著牌子，牌子上面寫著「騙子！」和「禽獸！」。

站在萊榮身後的女人最為可怕。萊榮當然記得她。

她是萊榮第一個欺騙的女人，名叫茜茜。

茜茜被萊榮騙走所有的財產後，仍然愛著他，不願意離開他。

萊榮覺得她煩透了，有一天晚上，萊榮讓茜茜吃藥，把她放在船上，讓船在運河上漂流。運氣好的話，會有人發現她，救她一命。如果她運氣不好，那可和自己沒有關係。

萊榮用這種方式解決茜茜，以前很少想起她。

照片中的茜茜渾身濕透，頭髮滴著水，皮膚就像石膏般蒼白，完全感受不到生命力。

她顯然已經不在人世。

但是，茜茜仍然出現在照片上，一步一步向萊榮逼近，而且手上還拿著一把很長的刀。

啊啊。萊榮尖叫起來，手上的照片掉在地上。他打量著周圍。

周圍沒有人。

這是理所當然的事。他很清楚，不可能發生這種事。雖然他明知道不可能有這種事，但是恐懼仍然無法消失。他的雙腿顫抖不已，勉強才能夠站在那裡。

「啊喲啊喲，我為你拍的照片，你要好好保管啊。」

少年動作優雅地撿起照片，萊榮尖叫起來。

「這、這是怎麼回事？你、你到底想幹嘛？」

「咦？你不滿意嗎？」

少年天真無邪，歪著頭問。

「真是太遺憾了，但是，這家照相館的宗旨是專門為客人拍攝他們需要的照片。客人的要求就是拍出你真實的樣子，需要這樣的照片，我只是完成客人提出的要求。」

「我、我怎麼可能需要這種莫名其妙的照片……」

「咦？誰說你是我的客人？」

少年冷冷地說出這句話。

「你還不瞭解我剛才說，不會向你收費的意思嗎？我從頭到尾沒有說你是我的客人吧？」

「……啊？」

「你是被召喚來這裡的，是發自內心痛恨你的那些人的怨念，把你召喚來這裡。這些人的怨念才是我的顧客，也是委託我幫你拍照的雇主。啊啊，真是太好了，大家似乎都很滿意，我也很高興——對不對？」

少年面帶微笑地對著萊榮身後問，好像萊榮的身後有人。

萊榮頓時清楚地感受到身後的動靜。

她們在那裡。那幾個女人就在那裡。

憤怒、憎惡、恨意、悲傷變得冰冷纖細的手伸過來，抓住自己的身體。

「嗚啊啊啊啊！」

絕對不能被她們抓到！快逃！快逃！

恐懼讓萊榮渾身凍結，他不顧一切地衝出照相館。

少年默默目送萊榮逃走。

嘎吱。照相館外很快就傳來汽車急煞車的聲音，接著又聽到砰的一聲，好像撞到什麼東西的撞擊聲。

警察在路上拉起封鎖線，正在調查剛才發生的一起車禍。馬路上到處都是金屬碎片，而且血跡四濺。

一輛車子駛過來，停在車禍現場附近。

一名中年刑警走下車子，觀察車禍現場後，嘆著氣說：

「真是慘不忍睹。」

「刑警先生，辛苦了。發生車禍的男子怎麼樣了？」

「總算保住性命，但是徹底毀容了。醫生說，無論再怎麼動手術，都不可能恢復以前的樣子。真是太可憐了。話說回來……怎麼又是這裡發生車禍？」

「又是這裡？什麼意思？」

「你是新人所以不知道。這條馬路經常發生車禍，而且車禍的原因都是被害人造成的，他們好像努力逃離什麼，然後衝到馬路上，被車子撞到。」

「他們要逃離什麼？」

「如果我知道，就不會感到奇怪了。真是搞不懂，這裡的視野明明很好啊。」

到底是怎麼回事？刑警納悶不已，然後對其他人說：「差不多該收隊了。」

相機

乃憶從懂事的時候就知道，自己和其他人不一樣，自己具備普通人沒有的能力。

五歲時，乃憶把這件事告訴母親。

「我可以聽到風說的話，可以聽到花唱歌的聲音，還可以看到精靈飛來飛去。只要看月亮，身體就會響起鼓聲。……我的身體是不是有問題？」

「乃憶，原來是這樣啊。」

母親雖然很驚訝，但是用力抱著女兒，然後把家族的秘密告訴乃憶。原來他們家族是赫赫有名的魔女後裔。

「但是，魔女的血緣和能力都隨著時代的變遷變弱，現在包括我在內，整個家族的人幾乎都沒有魔力。」

「但是，我……」

「對，妳的身體一定發生返祖現象，妳是特別的孩子，天生就具備和祖先相近的能力，所以，妳不需要害怕，不需要覺得丟臉，要充滿自信。妳是魔女，要妥善運用妳的魔力幫助別人。」

幼小的女孩牢牢記住母親的這番話。

隨著歲月的流逝，乃憶長大了。

當她慢慢長大後，她的魔力越來越強，尤其是滿月的夜晚，更是不得安寧。如果輕舉妄動，只會帶來巨大的災難，而且，她並不希望別人知道她是魔女。

未來的日子，她必須隱瞞真實身分活下去。這就是乃憶的心願。

乃憶很快就找到了在不引起旁人懷疑的情況下，消耗強大魔力的方法。

那就是製作人偶。

乃憶發現很適合把自己的魔力和法術一點點放進絨毛娃娃和人偶中。

她試著出售自己完成的作品，沒想到很受好評。這些人偶都融入可以保護主人的咒語，或是讓主人遠離惡夢的吟唱，只要放在身邊，主人就會倍感安心，於是她訂單接到手軟。

在乃憶二十二歲時，她成為當紅的人偶師。

乃憶對自己更有自信了，為了能夠更加獨立，她離開父母，獨自開始在鄉村的一棟舊房子內生活，每天都靜靜地製作人偶，生活過得很充實。

有一天晚上，乃憶好像聽到有人在叫她。

「誰啊？」

她看向窗外，窗外不見人影，甚至連貓影都沒有，只見皎潔的滿月掛在深藍色的天空中。

乃憶在月光的照射下，感覺自己的魔力增強，比剛才更清楚地聽到叫聲。

有人在求救。

乃憶無法置之不理，於是披上斗篷，走了出去。當她一踏出門，就被吸入黑暗中。

她並沒有害怕，這是古老的魔法之一。這是只有藍色的月夜才會開通的神奇通道。

乃憶被叫聲吸引，在黑暗中前進，最後，來到一個陌生的房間。

那個房間荒廢已久，地上積著厚厚的灰塵，天花板垂下的蜘蛛網就像簾幕。牆壁爬滿裂縫，柱子都已蛀掉，就連房間內的空氣都有著陳年的味道，乃憶忍不住用手帕摀住嘴巴和鼻子。

這裡應該有二十年，不，恐怕有三十年沒有人住了，但是，她可以聽到從房間深處傳出叫她的聲音。

乃憶定睛看向深處。

那裡有一張床，在極髒的毛毯下，有一具白骨靜靜地躺在那裡。

那是屍體

有人死去，變成白骨嗎？

乃憶並沒有害怕。骨頭就只是骨頭而已，而且，並不是那具白骨在叫她。

她小心翼翼掀開毛毯，避免揚起太多灰塵。

她發現毛毯下有一台相機。

那個人似乎在臨死前，緊緊抱著相機。已經變成白骨的手臂，至今仍然緊緊抱著相機。

乃憶仔細端詳著。

那是有一台木頭底座的蛇腹相機。

一台古董相機。

是這台相機在呼喚乃憶。

「所以……是你在叫我，你是不是不想從這個世界消失？」

但是，為什麼會發生這種情況？為什麼相機具有召喚她的能力？

乃憶在思考這個問題時恍然大悟，因為她發現有一道像細絲般的光照在相機上。

抬頭一看，發現月光從天花板的小洞照進來。

藍色的月光照在相機上好幾年，或者是好幾十年，也許是因為這樣，讓相機逐漸累積了神奇的力量。

這個房間是封閉的空間，可能同時封閉了啟程前往冥界的人的心願。

也許這兩股力量凝聚在一起，經過歲月的沉澱與淬鍊，最終化為足以召喚魔女的強大魔力。

總之，確實是相機發出聲音。

救救我。

乃憶既然已經聽到這個聲音，就無法袖手旁觀。

乃憶想了想，伸手輕輕拿起相機，又對著白骨說聲「對不起」，把白骨的手腕折下來。

然後，她帶著相機和骨頭回家。

乃憶回到家後，立刻開始作業。

她焚上用好幾種香草做成的自製線香，又哼著自創的魔法吟唱，俐落地揉著白色黏土，做出人偶的頭和手腳，用帶回來的骨頭製成身體的骨幹。

她就像變魔術般正確而俐落，幾個小時後，就完成人偶的各個部分。

在等待人偶的各個部分變乾期間，她開始拆相機。她把相機中的零件拆下後，鑲在人偶的身體內部。

藍色的月亮一直在天空中低頭看著乃憶。

月亮看到了一切。

隔天，當黎明的光從窗戶照進來時，乃憶才終於回過神。

「已經……早上了嗎？」

她一整晚都廢寢忘食地製作人偶，已經累壞了。

但是，她情緒高漲，她運用所有魔力製作的人偶幾乎已經完成。夜風已經把黏土都吹乾了。人偶做得非常出色，絕對是她至今為止所完成的最佳傑作。

乃憶想要趕快完成，所以沒有吃早餐，就直接開始進行下一項作業。她把漆黑的蠶絲捲成漂亮的鬈髮，植在人偶的頭上，然後思考要怎麼做眼睛。

鑲藍綠色的綠松石？雖然是完美搭配，但總覺得不太對勁。

還是虎眼石？雖然很威武，但並不是很適合，太強烈了。

沒錯，這個人偶需要有一種不可思議的感覺。

但是，蛋白石太華麗，雪花石膏又太慵懶，實在不喜歡。

乃憶思考很久，最後用兩顆月光石鑲在人偶的眼睛上。

人偶有了柔和銀色的雙眼後，表情頓時變得生動起來。乃憶感受到人偶的魔力更強了，露出滿意的笑容。發現自己的選擇正確，是一件高興的事。

接著，她又雕琢細部。

眉毛的形狀，皮膚的顏色，同時為指甲塗上淡淡的顏色。

乃憶耗費了很多時間和工夫。因為必須完美無缺，才算是完成這個人偶。

當她終於小聲說出「完成了」的時候，天色已經再度變暗。

乃憶搖搖晃晃地後退幾步，注視著完成的人偶。

那是一個俊美的男生人偶。一頭黑髮，發出銀色光澤的眼睛宛如波光瀲灩，纖瘦的身材很優美，帶著一絲悲傷的表情，好像隨時會動起來。

乃憶閉上眼睛，靜靜地唸著咒語。

那是古代流傳下來的魔法咒語。乃憶光靠自己的魔力很難唸出咒語。但是，現在是晚上，而且月亮還掛在天空中。

乃憶借助月亮的力量，滿頭大汗，總算唸完咒語。

滴答滴答，滴答滴答。

周圍突然響起好像時鐘齒輪的聲音，聽起來好像是心跳聲。

似乎成功了。乃憶興奮地悄悄睜開眼睛。

原本放在作業台上的人偶消失了，和剛才的人偶一模一樣的少年光著身體站在那裡。

少年茫然地站在乃憶面前，乃憶急忙用毛毯包住他的身體，把他抱在懷裡。少年可能感受到乃憶的溫暖，眼睛的顏色發生變化，從迷濛的月光色變成紫色，露出焦急的眼神。

「我、我……我要走了，我要回去照相館。」

「是啊，是啊，沒錯，但是你先別著急，先和我聊一下。畢竟你才剛誕生。」

乃憶安撫著少年，少年用力點點頭。他的眼睛又變了顏色，這次變成深橘色。

乃憶覺得很像萬花筒，然後問少年：

「你……對自己目前的狀況瞭解多少？你知道自己為什麼會在這裡？接下來想要做什麼嗎？」

「我……不知道自己為什麼會在這裡。」

少年結結巴巴地回答。

「但是，我知道妳是幫助我的人，還有……照相館，我必須保護照相館，必須回去。」

「沒錯，照相館是關鍵。」

乃憶推測，她發現相機和白骨的那棟房子就是照相館。

「你存在的意義，就是要保護照相館……你已經知道要怎麼保護照相館了嗎？」

「為客人拍照。」

少年口齒清晰地回答。

「為客人拍照，讓客人滿意。這就是照相館該做的事。」

「好，我明白了。……那麼，你必須回去照相館。但是在你回去之前，希望你記住我接下來對你說的話。」

乃憶停頓一下，直視著少年的眼睛。

「你是月光、骨頭和意念的孩子，這些要素形成你的身體，但是你的身體目前還處於很不穩定的狀態，只要稍不留神，就會被拉去冥界，需要花費相當的時間，用某些方法，才能夠牢牢地扎根在現世。我會教你方法，來，你跟我來。啊，等一下，要先穿衣服。」

乃憶讓少年穿上家裡的舊衣服，走出門外。

於是，他們一起回到那個積滿灰塵的荒廢房間。

一走進房間，少年立刻興奮地叫著。

「照相館！我、我回來了！」

但是，他的興奮只維持短暫的片刻，當他看到躺在床上的白骨，立刻難過地說不出話。

乃憶小聲地問：

「你是不是知道他是誰？」

「嗯，他曾經是我的主人，是這家照相館的攝影師。他很溫柔體貼，很珍惜、我。……他已經不能動了嗎？以後再也不會、撫摸我了嗎？」

「對，很遺憾，死去的人就無法再動了，但是，你的身體內應該有他的靈魂。……這家照相館有院子嗎？」

「有。」

「那你幫忙我，我想把他搬去院子。」

他們用破毛毯把白骨包起來，搬去中庭。只有巴掌大的小型中庭長滿雜草，簡直變成叢林。

乃憶用魔力把雜草變成種子，終於看到泥土地。他們挖了一個大洞，讓攝影師的白骨躺在洞裡。

然後，乃憶又把從家裡帶來的小樹苗輕輕放在白骨的胸口上。

「這是什麼？」

「這是幽靈石榴的樹苗。雖然生長在現世，但是聽說扎根在冥界，只要把靈魂的碎片埋在樹根，樹就會吸收，長出特別的果實。只要你每吃一顆果實，你目前還不真切的身體便會長出現世的血肉。」

「現世的血肉……」

「對，你要用只有你才能做到的獨特方法，蒐集靈魂的碎片。」

「……只有我才能做到的獨特方法。」

「至於是什麼方法，可以等一下再慢慢思考，先把泥土填回去。」

在完成埋葬和種樹這兩個儀式後，乃憶站起來，拍拍滿是泥土的手。

「接下來要讓照相館恢復原來的樣子，我暫時也住在這裡。我們一起打掃，一起修補之後，一定可以讓照相館重新開張。啊，別擔心，別看我這樣，我很會做木工。」

「……」

「對了，在房子前種鴛鴦茉莉樹，會同時盛開白色和紫色兩種顏色花朵的鴛鴦茉莉樹，很適合成為這裡的守護樹，一定可以保護生活在現世和冥界之間，生活在陰陽界夾縫中的你。」

乃憶覺得這項工作很有挑戰性，露出興奮的眼神打量著破爛的照相館。

少年目不轉睛地看著乃憶，他的眼睛變成充滿驚訝和感謝的琥珀色。

少年小聲地說：

「我該怎麼感謝妳？」

「啊喲，你才剛誕生，就已經在思考要怎麼感謝我了嗎？謝謝你，你……很有禮貌，心地又很善良。」

乃憶微笑著說完，隨即以嚴肅的表情看著少年。

「好，那你願意聽聽我的故事嗎？我是發生了返祖現象的魔女。」

乃憶把自己的事告訴少年，將之前從來沒有告訴過任何人的事說出來。

「我想這種魔力就到我為止，就算我結婚、生下孩子，我的孩子只會是普通人，但是，也許……我的孫子或是孫子的曾孫，會有人和我一樣，發生返祖現象。我……非常害怕這件事。」

「害怕？」

「因為那時候，我已經不在這個世界上了。雖然我的媽媽不是魔女，但是她告訴我魔女應有的樣子，我才能夠感到自傲。但是，隨著時代的變遷……我們的家族可能會忘記這些教導。在這種情況下，如果有返祖現象的後代出生……一定會造成不幸。」

如果沒有人引導，發生返祖現象的孩子一定會害怕，覺得自己「不正常」，或是無法控制自己的魔力，遭到周圍人的排擠或是獵殺。乃憶甚至不願意想像這些事。

乃憶以求助的眼神看著少年，「所以，當我的子孫遇到麻煩時，你可不可以助他一臂之力？告訴那個孩子，不要害怕自己的魔力，要感到自傲，用自己的方法運用與生俱來的魔力。這就是對我最好的感謝。」

少年嚴肅地把手放在胸前說：

「我、知道了，我、向妳保證，一定會、實現、妳的心願。」

乃憶聽到少年的誓言，強烈情緒突然湧上心頭。她內心的大石終於放下，滿滿的安心感湧現。

乃憶用手指擦著眼淚，笑了笑。

「我真是太粗心了，還沒把最後的禮物送給你，沒有這個一切都無法完成——我要給予你名字，你的名字是琉羽，琉羽哦。」

「琉羽……」

琉羽很喜歡這個名字，第一次露出笑容。

六十八年後，一個年幼的女孩走進照相館。

琉羽上前接待她，她侷促不安。

「……我看到不該看的人，就是死去的人，但是，沒有人相信我……姊姊說我很可怕。……今天，曾祖母來了，啊，曾祖母很久之前就死了。……她叫我來萬花筒照相館，叫我來找一個叫琉羽的人。你就是琉羽先生嗎？」

「是啊。」

琉羽蹲下來，握著少女的手，面帶微笑。

「我就是琉羽，妳叫什麼名字？」

「蓮恩……」

「蓮恩，我很瞭解妳的曾祖母，她交代了我很多事。來，進來吧，我和妳一起思考，接下來該怎麼辦。」

「思考之後……就不會害怕了嗎？大人就不會罵我騙人了嗎？」

「對，一定的，別擔心。從今以後，有我陪著妳，我一直都在等妳，從今以後，我會保護妳。」

琉羽發自內心地對蓮恩，和站在蓮恩身後的乃憶說。

乃憶安心地點點頭，然後……

她就消失不見了。

尾聲

萬花筒照相館巴掌大的中庭內，有一棵白色樹皮，但長滿深色樹葉的神奇樹木。樹幹和樹枝螺旋狀地扭曲，歪歪斜斜，卻又很美。

照相館的主人琉羽走向樹根。由於是白天，所以他戴著墨鏡，還撐著黑色的陽傘。即使已經全副武裝，仍然覺得陽光刺眼得可怕，他覺得腦袋深處陣陣抽痛。

必須趕快完成。

他急忙彎下身體，挖起樹根旁的泥土，然後把金色懷錶放進洞裡。

那是來照相館客人支付的報酬。

那是帶著靈魂碎片的物品。

是客人用來交換相片、無可取代的寶物。

「那就……拜託了。」

他小聲對著樹木說完，把原本的泥土填回去後，急匆匆地回到室內。

那天晚上，琉羽又再次來到中庭。

琉羽喜歡晚上，他可以擺脫麻煩的墨鏡和陽傘，最重要的是，夜晚的空氣更像冥界，自己的身體更適應這樣的空氣，但這也代表自己還不屬於白天的世界。

他想要改變這種情況。為了讓這家照相館恢復原狀，自己必須趕快變成人類。

琉羽挺直身體，撥開幽靈石榴的樹葉。

他立刻發現想要找的東西。

樹枝上結出一個果實。白天時還沒有看到的肉色果實沉甸甸的，外形有點像心臟。

他從樹枝上摘下果實，果實裂開，露出像石榴石般鮮紅的果肉。

琉羽把果實拿到嘴邊，慢慢吃著。他一口又一口地咬著，避免浪費任何一滴果汁。他以前沒有味覺，最近終於可以感受到果實有甜甜的味道。

當他吃完之後，感覺自己又多了一樣之前沒有的東西。

「靈魂的碎片再度成為我的一部分……不知道我還要蒐集多少靈魂的碎片，才能成為一個真正的人。」

琉羽嘀咕完，擦擦嘴，走回照相館。

但是，他沒有回自己的房間，而是去了攝影室。

雖然已是深夜，但是剛才接到蓮恩的電話，說她等一下會來這裡。蓮恩在電話中聽起來很慌亂，琉羽從她語無倫次的話中，拼湊出她可能遇到迷路的幽靈，結果被幽靈附身了。

「遇到困難的人很容易找上她幫忙，她明明那麼害怕幽靈，真是太可憐了。……話說回來，她順便為我招攬了客人，我們算是相互幫忙。……乃憶阿姨，對不起，雖然當初和妳約定要幫助妳的後代，但現在好像她幫忙我比較多。」

琉羽小聲道歉時，夜風從外面吹進來，鴛鴦茉莉的香氣同時飄入。

琉羽輕輕笑笑。

「是啊，如果我不堅強點，蓮恩就更傷腦筋了。……我知道了，總之，我以後仍然會陪伴在她身旁，全力協助她。」

琉羽說完這句話，開始準備拍照工作。

後記

有一天，我看到一個小女生身穿七五三節的和服，和家人一起走進一家很有歷史的照相館。

「啊？我以前完全不知道這裡竟然有照相館！」當時我很驚訝，這份驚訝也成為我創作《陰陽交界萬花筒照相館》的契機。

在目前這個年代，誰都可以輕鬆為自己拍照。

但是在特別的慶典和重要場合，仍然有很多人會去照相館。

因為在照相館拍紀念照這件事本身，就有特別的意義。

開了很多年的照相館內充滿記憶、回憶和歷史。

造訪照相館的人，他們的一點點記憶碎片、心的碎片也留在照相館內。

看到掛在照相館內好幾十年前的照片，會不禁思考「不知道這些人當時在想什麼？」每一張照片，背後都有不同的故事。

照片是現在，也是過去，更可能成為未來。

希望你們能夠享受琉羽為客人拍出各種照片的故事。

廣嶋玲子

春日
ハルヒブンコ
文庫

164

萬花筒照相館

はざまの万華鏡写眞館

萬花筒照相館/廣嶋玲子著；王蘊潔譯. -- 初版. -- 臺北市：春天出版國際文化有限公司, 2025.05
面； 公分. -- (春日文庫；164)
譯自：はざまの万華鏡写眞館
ISBN 978-626-7637-80-7(平裝)

861.596 114004270

ISBN 978-626-7637-80-7
Printed in Taiwan

作　　者　廣嶋玲子
繪　　者　橋賢亀
譯　　者　王蘊潔
總 編 輯　莊宜勳
主　　編　鍾靈

出 版 者　春天出版國際文化有限公司
地　　址　台北市大安區忠孝東路4段303號4樓之1
電　　話　02-7733-4070
傳　　眞　02-7733-4069
E－mail　bookspring@bookspring.com.tw
網　　址　http://www.bookspring.com.tw
部 落 格　http://blog.pixnet.net/bookspring
郵政帳號　19705538
戶　　名　春天出版國際文化有限公司
法律顧問　蕭顯忠律師事務所
出版日期　二〇二五年五月初版

定　　價　420元

總 經 銷　楨德圖書事業有限公司
地　　址　新北市新店區中興路二段196號8樓
電　　話　02-8919-3186
傳　　眞　02-8914-5524
香港總代理　一代匯集
地　　址　九龍旺角塘尾道64號 龍駒企業大廈10 B&D室
電　　話　852-2783-8102
傳　　眞　852-2396-0050